Wolfgang Krämer

LUKASBURGER STILBLÜTEN

Band 4

Lukasburger Stilblüten

Aus den Aufsätzen der Kleinen
für den Stammtisch der Großen

HEITERES AUS DER PRAXIS

von

WOLFGANG KRÄMER

Band 4

Verlag Franz Scharl 8025 Unterhaching

ISBN 3-7943-0008-4

1962—1977 1.—24. Auflage (1.—111. Tausend)
1978 25. Auflage (112.—116. Tausend)

Zu beziehen durch den Buchhandel

Umschlaggestaltung Elisabeth Thomae, Zeichnungen Erwin Espermüller
Druck J. Gässler, 8000 München 5
Buchbinderische Verarbeitung M. Hörmann, 8200 Rosenheim

Vorwort

Im Sommer 1962 waren dem Verlag und dem Herausgeber von nah und fern eine Reihe neuer Aufsatzblüten zugegangen, die alle unter dem nun fast weltbekannten »Sammelnamen« »Lukasburger Stilblüten« den Freunden des ungewollten Humors vorgesetzt werden wollten. Bis Ende 1964 waren bereits 8 Auflagen mit 40000 Exemplaren herausgekommen.

Die Abbildungen des vierten Heftes fertigte wiederum Erwin Espermüller, München.

Der Herausgeber

INHALTSVERZEICHNIS

1. Erlebnisaufsätze, Nacherzählungen

Wenn wir morgens aufstehen, haben wir einen schlechten Geschmack und einen schlechten Geruch.

Alle Kinder waren munter wie die Fische im Wasser. Am nächsten Morgen konnte der Sohn des Heimleiters einige im See fangen. Sie wurden zum Mittagessen gebraten.

Die Tarantel

Als sich der Herr Lehrer ahnungslos auf den feuchten Schwamm setzte, fuhr er wie von der Tarantella gestochen aus der Haut.

Schulwandertrag

In einer Stunde waren wir angezogen, gewaschen und gefrühstückt.

Wir mußten zur Strafe die Schnitzel alle wieder aufsammeln. Das war direkt eine Syphilis-Arbeit.

Als wir aus dem Wald herauskamen, fiel mir ganz unversehens ein verfallener Turm ins Auge.

Am letzten Schulausflug konnte ich nicht teilnehmen, da mein schlimmer Fuß sich in die Länge gezogen hatte.

Ein Unfall

An jenem Abend kam mein Vater recht spät nach Hause, denn er hatte sich in der Wilhelmstraße mit einem gefallenen Mädchen beschäftigt.

Thema: Verkehr

Nach dem 2. Weltkrieg, ungefähr ab 1950, nahm die Autoindustrie rasch zu.

Es kommen Löschzüge aus den benachbarten Gemeinden, um das Feuer zu beheben.

Überallhin kommen die Menschen mit ihren Autos und verpesten mit ihren Auspuffgasen die klare Luft.

Die Polizei macht Alkoholstichproben.

Verkehrserziehung

Wenn ein Auto einen Radfahrer überholt, sollte es ihm genügend Platz zum Hinfallen lassen.

Im Erfrischungsraum eines Kaufhauses

Die heißen Würstchen mundeten derart gut, daß sich die Verkäuferin vor Nachbestellung kaum retten konnte.

Das Auto fuhr nach dem Unfall im stärkstem Galopp davon.

Mein Bruder konnte nur deswegen einen Ratenkauf tätigen, weil er schon so lange ein festes Verhältnis hatte.

Vor Schreck rutschte mir das Herz in die Hosentasche. Ich konnte es deutlich bibbern hören. Mein Gewissen lief rot an!

Auf dem Jahrmarkt

Gegen eine geringe Gebühr durften die Leute bei der Wahrsagerin alle mal in ihr Geheimnis schauen.

Der Wagen wollte nicht recht anspringen. Er gehört Herrn Piepenstock. Laut knallend ließ er eine Wolke üblen Geruchs entweichen.

Als meine Tante starb, setzte mein Onkel seinen Dank in die Zeitung und bat von weiteren Beileidsbezeugungen abzusehen.

Meine Mutter betreibt einen Modesalon und ein Heiratsvermittlungsinstitut, wo stets eine große Auswahl neuester Pariser Modelle vorrätig ist und im Probiersalon erprobt werden kann.

Als mein Onkel Gustav im letzten Frühjahr starb, erfreute er sich bester Gesundheit.

Nacherzählung

Die Neger beschaffen sich so viel zu essen, daß sie nicht verhungern.

Ojembo sorgt vor, d.h. er sorgt für das Essen.

Verkehrsunterricht

Als wir in den Unterrichtsraum hereinkamen, nahmen wir Platz. Auch unser Lehrer hat gesessen.

Besuch der Gasanstalt

Die ganze Klasse besichtigte den großen Ofen unserer Gasanstalt. Am Ende der Führung zeigte uns der Ingenieur noch seinen Auswurf und die dazugehörigen Apparate.

Unsere Stadt

Der große Menschenstrom vor den Weihnachtsfeiertagen in unserer Stadt zwang die Polizei dazu, zu Verhütungsmethoden zu greifen. Ein großes Aufgebot regelte den Verkehr.

Dort sah ich Menschen, die sich teilweise im Wasser tummelten.

In unserer Stadt gibt es zwei gleich große Freibäder, besonders das im Wiesengrund. An heißen Tagen ist es von den Haufen der Menschen übersät.

Im Zelt

Plötzlich spürte ich etwas Feuchtes an meinen Beinen. Ein kleiner Langhaardackel war es, der mit seinen schwarzen Kirschaugen mich bittend ansah.

Wohlstand

Früher als die Rangunterschiede noch stark in Erscheinung traten, hatten wohl nur die hochgestellten Gesellschaftsschichten Anstandsregeln. Bauern und Arbeiter erzogen ihre Kinder zu Ehrlichkeit, Aufrichtigkeit, Geduld, Toleranz, um sie lebenstüchtig zu machen.

Manche haben vielleicht den Wunsch, einmal im Geld zu schwimmen, aber man sollte, um es sehr drastisch auszudrücken, dabei normal und ausgeglichen bleiben.

Die Jugendgruppe wandert inzwischen wieder der Tür zu und hinterläßt nur einige Eierschalen.

Die Ziege mit ihren Jungen ist gleichzeitig mit der Großmutter von der Weide gekommen.

Seit mein Vater gestorben ist, schlägt meine Mutter uns Kinder redlich durch.

Das Mädchen Inge wurde unruhig und auch kalbte die Kuh bald.

Er schleppte sich in ein Haus, damit die Leute nicht merkten, daß er tot war.

Aus Bildbeschreibungen

Auf dem Bild vom jüngsten Gericht sieht man, wie der liebe Gott die guten Menschen von den bösen Menschen sortiert.

Hinter den Kämpfenden steht ein Maderl! (statt Marterl!)

Er trägt eine weiße Jacke, aus deren Tasche ein rotes Schneuztuch herausbaumelt und eine braune Hose.

Obwohl die Beine nicht gerade rein sind, so strahlen sie doch wahre Wirklichkeit aus.

Weihnachten

Wir spielten mit meinem Baukasten, und bauten uns Hubschrauber. Als mir dann das Hinterteil abfiel, baute ich mir einen Düsenjäger.

. . . dann hat er noch einen schweren Brustpanzer. Wenn er einen Hieb von einem Germanen bekommt, spürt er nichts, nur ein wenig poltern in seinem Inneren.

Schützenfest

Als der zweite Zug auf den Festplatz zog, gingen blau-weiß gekleidete Mädchen an der Spitze. Das waren die Jungfrauen. Beim Rückmarsch war das nicht mehr der Fall. (Sie gingen jetzt an zweiter Stelle!)

Reparatur einer Weiche auf unserem Bahnhof

Die Arbeiter hatten auf dem ganzen Gelände ihre Weichteile verstreut.

Familienfest

Als meine Schwester, die Braut, auf dem Standesamt ankam, war es der Standesbeamte, der unter Zeugen an ihr die Ehe vollzog.

Meine Eltern haben fünf Kinder. Drei davon erfreuen sich bester Gesundheit; zwei sind verheiratet.

Als die Feuerwehr auf den Brandplatz angekommen war, trachtete sie zuerst nach dem Leben der beiden Kinder.

(Ein Erlebnis)

Eine neue Lehrerin kommt

Das Lehrerinnenkollegium bekam endlich Nachwuchs, mit dem man schon lange rechnete.

. . . und die Bänke wurden so gebaut, daß man nicht nur die Vorderen, sondern auch die Hinteren sehen konnte.

Ferienzeit — Arbeitszeit?

Die meisten Mädchen benutzen die Sommerferien dazu, um ihren Kleiderschrank und ihre Kosmetikartikel zu vergrößern.

Ich glaube, daß die Ehefrau am wenigsten vom Wochende hat, es sei denn, der Ehemann greift ihr unter die Arme.

Da die meisten Menschen nur einseitig beansprucht werden, müssen die lahmgelegten Glieder auch irgendwie beschäftigt werden, damit sie nicht verkümmern, z. B. die Beine im Zusammenhang mit dem Auto.

. . . fanden wir ein Telegramm vor, daß meine Oma gestorben sei. Das war für uns alle ein großer Schlager (statt Schlag).

. . . in unserem Garten wachsen viele Millionen (Melonen).

Aus dem Fell unseres verstorbenen Spitzhundes hat Papa sich eine Bettvorlage für seinen Schreibtisch machen lassen.

Die Wäsche, welche längere Zeit an der Leine hängen bleibt, verdunstet.

»Ich stelle mich vor« (6. Schuljahr)

Meine Augen sind rehbraun, die Nase stumpf und der Mund klein und im Gesicht hausen ein paar Sommersprossen.

Ich helfe bei der Weihnachtsbäckerei

Mehl, Zucker, Backpulver und Mandeln vermengte ich und ließ sie durch die Maschine. Als Raupen kamen sie dann heraus und wurden gebakken.

Da aber ließ der fremde Tormann einen laufen, daß die ganze Kiste wackelte.

Die Leute beschlossen, den Gemeindediener »abzuschinken«..

Der Leuchtturmwärter hat vorne und hinten jeweils so ein Ding, wo strahlt.

Unser Maiausflug?

. . . die ganze Nacht konnte ich vor Freude nicht schlafen. Schon um fünf Uhr ging es in die Hosen.

In der Jugendherberge
Als ich erwachte, müßte ich
feststellen, daß es heute kälter
war als draußen.

(In einer Jugendherberge)

Der Autofahrer hupte dreimal anständig und ließ einen Bulldog fahren.

Erna zehrte (zerrte) an ihrem Gemahl, bis er nicht mehr konnte.

Als Peter den Weinrausch (Weihrauch) roch, konnte er nicht mehr länger und fiel runter.

Ich war zum Schlittenfahren und habe auf meiner »Nudelkiste« einen »Bauchert« gemacht.

Leider war mein Bruder Helmut gestern Krank. Er war einmal heiß und einmal kalt, dann wieder heiß und wieder kalt — je nachdem — ich glaube, er hatte hohes Fieber.

Als Emil aus dem Beichtstuhl kam, hatten ihn die wieder sauber gewaschen, und er strahlte wie ein Putzeimer.

Wenn die Abendsonne scheint, rollen wir das Zwirnröllchen auf, und der Drachen kommt bald nieder.

Da die Fußkranken sich nicht mehr so gut fortpflanzen können, machen sie es als Heimarbeit.

Mein Onkel, der ein Förster ist, hatte vorige Woche einen glücklichen Tag. Er schoß einen Habicht und fiel sofort tot zur Erde. Nun lassen wir ihn ausstopfen.

Die Hochzeit meines Onkels begann vormittags 9 Uhr mit einem großen Pump (Pomp).

Vom Besuch der Kaiserin Friedrich

Die hohe Kaiserin war sehr einfach gekleidet. Sie trug nur ein schwarzes Band im Haar . . .

Im Zoo

An einem sonnigen Sonntag durfte ich wieder einmal mit meiner Tante in den Zoo gehen. Mir fiel auf, daß die Schlange an diesem Tag besonders träge und vollgefressen war.

Der Wasserhahn war kaputt. Bald aber kam der Klempner. Er war undicht geworden und gab dauernd einen dünnen Wasserstrahl von sich.

Im Krankenhaus

Ich bekam jeden Tag regelmäßig meinen Darmkleister (-Klistier).

Im Zeltlager

Wir machten uns mit Wassereimern auf den Weg. Der Bauer aber mußte uns das Wasser abschlagen, das nicht zum Trinken geeignet war.

Daraufhin nahm ich meine Beine unter den Arm und verduftete.

Auf der Landstraße kamen uns Autos entgegen, eins hinter dem andern; im ganzen zwei.

Beim Zahnarzt

Ich bekam große Angst, als er mich nicht sofort bei der Wurzel zu packen kriegte.

Die Geburtstagsfeier

Zum Nachtisch gab es Obst. Meine Birne war besonders weich und der Saft lief nur so heraus.

Morgens putzten wir uns die Zähne. Dabei darf auch das Hinterteil nicht zu kurz kommen.

Ich wurde am 24. November 1945 geboren. Meine Schwester sechs Wochen später.

Meine Schwester wurde neulich in die Klinik geschafft; denn alleine hätte sie das Kind nie zustande gebracht. Der Arzt half ihr dabei.

Als wir im Raum Platz genommen hatten, fing eine Kapelle an zu Geigen. Es war aus einer Operette von W. A. Mozart. Nachdem der Betriebsrat seine Rede beendet hatte, wurde weiter gegeigt.

Zur Einweisungsfeier spielten drei Männer mehrere Liedertexte.

Zum Schluß wurden wir durch den Betrieb geführt, damit uns die Maschinen besichtigen konnten.

Als mein Onkel über den Graben hinter dem Haus springen wollte, fiel er hinein. Deswegen wird er jetzt trockengelegt.

Mein Bruder hat das Gebiß von seiner Großmutter geerbt, sagen die Leute. Ich habe nicht so gute Zähne.

Gott sei Dank durfte Paula wieder ihre wuzigen (schmutzigen) Kleider anziehen, in denen die drei Diamanten steckten.

Wenn der Schulrat kommt, müssen wir reden und der Lehrer schweigt. So bekommt der Herr Schulrat einen besseren Eindruck.

Unser Alpenausflug

Auf der Alm gab es Käse, Brot und kühle Milch. Wenn unser Lehrer was Warmes haben wollte, eilte er flugs hinüber zur Sennerin.

In unserer Klasse müssen wir immer so sitzen, daß der Lehrer auch die Hintern sehen kann.

Im Sommer erfreut uns die Natur, im Winter das Fernsehgerät.

Aus Nacherzählungen

Wenn die jungen Damen etwas Kleines machten, steckte der böse Graf sie ins Gefängnis.

Der Jäger lud seine »Buchse« und schoß dem Häschen zwischen die Ohren.

Am Morgen hörte der Bischof in seinem Bette ein Blasen, er sprang aus demselben heraus und eilte hinaus.

Die gute Henne

Von nun an wurde die Henne gelobt und lebte bis an ihr Lebensende.

Jedoch hätte sie auch gerne einen Sattel gehabt; denn der Ritt auf dem bloßen Riß (Rist) war sehr schmerzhaft.

Der Rabe Jakob lockte die Küken ganz raffiniert und machte wie eine Glucke sobald ein gackerndes Küken an ihn kam.

Ein Trapperleben

Man geht auf die Suche nach dem jungen Fallensteller und findet ihn samt seiner Leiche und den abgestorbenen Knochen und das Tagebuch, in dem er seine letzten Wochen, seine Lebensweise und seinen Tod beschreibt. Schließlich findet man eine Stelle, an der die Leiche schreibt: Eines Tages waren meine Hunde verschwunden . . .

Wenn man an einem Bahnübergang steht

An bestimmten Tagen fahren auch die wichtigen Viehzüge vorbei. Das Blöken der Kühe und das Brüllen der Ochsen beweisen die wirtschaftliche Bedeutung der DB und die enge Verbundenheit zwischen der Stadt- und Landbevölkerung.

. . . Und so verbrach ich meine Ferien zu Hause.

Die Verdauungsorgane des Menschen. »Die Speisen gehen im Bauch hin und her. Die unverdalingen Reste werden aufs Kott (als Kot) ausgeschieten.«

Die 14jährige Ursula bringt einen Entschuldigungszettel mit. Die Mutter schreibt: »Sehr geehrter Herr Lehrer! Ich bitte, meine Tochter vor dem Turnen zu entbinden.«

Alle Menschen streben heute nach Wohlstand. Das ist keineswegs verwunderlich, denn es ist uns möglich, sehr viel zu verdienen ohne Rücksicht auf den Namen oder die Klasse.

Im Kinderheim war es nicht sehr schön, aber es gab viel Obst, wir haben deshalb viel Heim- und Bauchweh gehabt.

Und so wurde es näher und näher, bis ein Glöcklein sein Läuten von sich ließ.

Silvester

Plötzlich knallte es hinter einem Erdhügel, und ein Schein von mindestens 30 cm Durchmesser flog in die Luft hinauf und ging oben auseinander und kam in Stücken wieder herunter.

Ein Garten bringt viel Arbeit, er muß gedüngt werden. Die Bewässerung nimmt mein Vater allerdings allein vor.

2. Aus Sage und Geschichte
Biblisches

Aus der Frühzeit

Die Urmenschen trugen Lendenschürzen, damit ihnen die bösen Geister dort nichts anhaben konnten. Manche trugen auch hinten einen Schurz. Ich glaube deshalb, damit die guten Geister dort nicht entweichen.

Als Waffe wurde das Schwert erfunden und damit auch der richtige Krieg . . . Eine sehr gute Totenbestattung hatten sie auch. Sie verbrannten die Leichen und die Asche wurde in eine Urne geschüttet. Diese stellte man in die Erde. Etwas waren sie aber auch noch von ihrem alten Glauben erfüllt: Sie gaben der Asche Verpflegung.

Was ich von den Ägyptern weiß

Bevor die Ägypter ihre Toten bestatteten, weideten sie sie gründlich aus, damit sie nicht schlecht wurden.

Die Pharaonen wurden erst ausgenommen und dann in 3 bis 5 Särge verpackt.

Von den alten Griechen

Von den Etruskern sind nur noch riesige Totengräber enthalten.

Bei den Griechen wurden in einigen Mysterienbünden regelrechte Orgeln (Orgien) gefeiert.

Das Amazonenheer wurde von seinen Gegnern »abgerieben« (aufgerieben).

Wenn ein Spartaner oder seine Frau ein Kind bekam, schauten sie es zuerst an, ob es bräuchlich war. Wo nicht, setzten sie es den wilden Tieren aus und fraßen es dann auf.

Perikles besiegte die aristokratische Partei mit der Spitze von Kimon.

Hunderttausend Persianer wollten mit den Griechen Krieg führen.

Apollo war der Anführer der 9 Medusen.

Die alten Römer

Der römische Gott Janus hatte zwei Gesichter: Mit dem vorderen blickte er in die Zukunft, mit dem hinteren in die Vergangenheit.(Das viertletzte Wort war groß geschrieben!)

In Rom entstand durch den Wuchs der Sklaven eine Krise.

Pontius Pilatus war damals römischer Landflegel in Judäa.

Über die römischen Gladiatorenkämpfe

Der Kaiser stand am Viehtheater (Amphitheater).

Geschichte

»Friedrich d. Gr. bekam einen kleinen Islam, man nannte ihn Mohamed.«

Bei den Steinzeitmenschen

»Von den Mambobullen (Mammutbullen) ernährten sich die Höhlenmenschen eine Woche.«

Die Schlacht im Teutoburger Wald

Nach ein paar Stunden regnete es in solchen Güssen, daß die Römer mit ihren Wagen im Schlamm stecken blieben. Auch die Soldaten trieften aus allen Knopflöchern.

Nachdem die Römer im Teutoburger Wald von den Germanen überfallen worden waren, rutschten sie in den Hohlweg aus und fielen in den Matsch, weil der Lehm so glatt war. Sie sagten: Wir wollen wieder heim ins Reich!

Armin, der Cherusker setzte im Teutoburger Wald seine Soldaten hinter die Büsche. Hier saßen sie und warteten. Als die Römer sie dabei überraschten, machten sie große Augen.

Als die Römer in dem unwirtlichen Teutoburger Wald bei Regenwetter herumliefen, wurden sie sehr matschig und wußten nicht Bescheid. Die Germanen aber waren das gewöhnt.

Die Römer sind die berühmtesten Weinanleger.

Konstantin der Große war mindestens 1,80 m groß.

Die Kelten haben viel Vieh und die Germanen wohnen dagegen reichlicher.

Als der Germanenführer Widukind die Schlachten verloren hatte, stellte er sich vor seine Feinde und übergab sich.

Was ich von den Ägyptern weiß

Man gab den toten Pharaonen eine Totenbescheinigung ins Grab mit.

»Warte, mein Freundchen«, sagte Siegfried, als er den gräulichen Drachen erblickte, »ich werde dir mal anständig das Maul polieren und dich gründlich Mores lehren.«

Wieland, der Schmied, schmiedete sie (die Rüstung) am Hofe des Königs Neidung in einem edlen F(W)ettstreit.

Siegfriedssage: »Als sie (die Hornhaut) kalt geworden war, war der Finger des Siegfried mit einer dicken Hornhaut bedeckt. Als der böse Drache die schöne Krimhilde dem Siegfried weggeschnappt hatte, trug er sie auf einen hohen Berg und bewachte sie scharf. Dabei war seine Schnauze feurig. Er wurde immer dicker und sein Hals wurde immer länger.

Die Walküren trugen nur solche Helden nach Walhalla, die vorn getötet wurden.

Der Oberste der Vandalen war ein »Geißerich«.

Chlodwig ließ sich 496 taufen. Sehr viel Schuld daran hatte seine christliche Frau.

Etzels Krone schmückten verwüstete Länder.

Die Hunnen eroberten das Schwarze Meer und nahmen es zu sich.

Die vier Evangelisten sind diese drei: Petrus und Paulus.

Wenn im Mittelalter die Pest ausbrach, gingen fromme Männer auf die Marktplätze und kastrierten sich (anstatt kasteien).

Reich mit Edelsteinen verziert, trug sein Haupt eine goldene Krone.

1356 kam unter Karl dem Dicken die goldene Bulle hervor.

Albrecht der Bär war für das Wohl und Wehe seines Volkes eifrig bemüht. An seinem Grabe weinte das ganze Volk mit ihm bittere Tränen.

Die Sage erzählt, der Mönch Berthold Schwarz habe das Nießpulver (Schießpulver) erfunden.

Wenn ich morgens im Bett liege,
höre ich das Wasser rauschen. Es ist
mein Vater, der schon auf ist.

(Bei uns zuhause)

Das Schießpulver setzt sich aus Schwefel, Holzkohle und Petersilie (Salpeter) zusammen.

In Worms wollten sie Luther als Tetzel verbrennen.

Die meisten Städte im Mittelalter waren mit Mauern umgeben. Manche versuchten sich noch durch zahlreiche Basteleien (Basteien!) zu verstärken.

Früher benutzten die Seefahrer noch den Jakobstab. Erst später wurden sie mit sechs Tanten (Sextanten) ausgerüstet.

Eine gewisse Art von Seeräubern nannte man auch Fidibustiere (Flibustier).

Kolumbus wurde in Würdigung seiner Taten zum »Witzekönig« (Vizekönig) der spanischen Besitztümer ernannt.

Die spanische Kolonisation

Meist wurden die Neger auseinandergerissen; denn man verkaufte sie nur in Stücken.

Die Schlacht bei Waterloo

General Blücher feuerte seine Soldaten an von vorne und von hinten.

Die nordamerikanischen Indianerpräservative (Reservate) sind die letzten Zufluchtsstätten der Eingeborenen.

An der Spitze der Flotte segelte das Flagschiff seiner Majestät. Zu Beginn der Schlacht wurde vom königlichen Hinterteil das Zeichen gegeben.

Jeder französische Soldat trug seinen Feldmarschall im Rucksack.

Der 17. Juni 1953

Plötzlich hörte man dumpfe Geräusche aus der Ferne. Es waren russische Panzer; diese knallten die Revolution ab.

Biblisches

Im Paradies

Und der liebe Gott sagte: Ihr dürft keine Äpfel naschen, sonst ziehe ich euch die Hosen stramm.

Eva war die erste Frau überhaupt, die an der verbotenen Frucht genas.

Über die Einigung des Judenvolkes

Ganz früher waren die Juden in zwei Hälften gespalten.

Unter den alten Ägyptern gab es einen hl. Stier, der hieß Apis und eine hl. Kuh, die gehörte der Isis.

Dann kam für mich und meine Schwester die Bescherung, und wir glühten über alle vier Backen.

(Unser Weihnachtsfest)

Unter großen Anstrengungen machte David aus dem lockeren Haufen ein festes Gebilde.

Die Israeliten schlachteten ein Lamm und strichen es an die Türen.

Die Israeliten aber wurden unzufrieden und murmelten.

Als der Engel sich von der Maria scheiden gelassen hatte, rannte er, so schnell er konnte über das Gebirge zu Elisabeth, der Frau des Zacharias.

Herodes sagte zu den Weisen: Ihr lieben Weisen bleibet hier, ich will euch geben Wein und Bier.

6. Schuljahr

Während eines Schullandheimaufenthaltes wurde das Schloß Homburg besichtigt. Dort sind in einem Glasschrank die Kleidungsstücke des Haushofmeisters Milchsack ausgestellt.
Ein Schüler schreibt in einem Aufsatz über die Besichtigung des Schlosses: . . Doch einige Kinder waren schon im anderen Raum, wo Milchsäcke von Haushofmeistern hingen. Sie waren in einem Glaskasten.

Lange sollte Herodes Agrippa nicht mehr die Christen verfolgen, denn Gott hatte seinen Zorn ausgebrochen.

Bibel-Nacherzählung

Es standen dort sechs steinerne »Wasserkrükken«, von denen jeder 2 bis 3 Maß hielt. Jesus befahl den Dienern: Füllet die Krücken mit Wasser! Sie füllten sie bis oben hin!

Als er 40 Tage und Nächte gefastet hatte, sagte der Teufel zu ihm: »Stürze dich doch einmal hier den Tempel hinunter, dann werden wir ja sehen!« Er aber antwortete: »Was? Stürze Du dich doch hinunter, wenn du so schlau sein willst!«

Bonifatius hat in seinem Leben viele germanische Stämme christallisiert.

Nun zogen die törichten Jungfrauen ihre Kleider aus und hängten sich (sie) an ihre Kleiderbügel. Dann empfingen sie ihre brennenden Lumpen (Lampen).

Die Heilung des Gichtbrüchigen

Da nahmen sie den Lehm herunter und ließen ihn an Seilen vor Jesus gleiten. Als Jesus sah, daß er gelehmt war, vergab er ihm die Schuld.

3. Literaturgeschichte

Shakespeares Hamlet kann man daran erkennen, daß gegen Schluß der Vorstellung viele tote Leichen auf der Bühne herumliegen.

Jedesmal wenn Goethe wieder eine Liebschaft getätigt hatte, fing er an zu schreiben. Er war dann immer sehr fruchtbar.

Manchmal holte er sich auch etwas bei Schiller zuhause, wie z. B. in dem Trauerstück »Egmont«

Faust

Mit den Worten »Dann will ich gerne zugrunde gehen« übergibt er sich, nämlich in die Hände des Mephisto.

Die Bürgschaft

Sein Hausverwalter Philostratos versucht, ihn vor der Stadt abzuhalten.

Schiller kam als armer junger Mann auf die Welt.

Schillers Räuber

Mit seinem kleinen Häuflein jagte Franz Moor den Menschen große Furcht ein.

Weislingen liebt das Leben am Hofe und das »dolce vita«, das süße Leben (1962).

Attinghausen ißt und trinkt mit seinen Knechten aus einem Becher.

3. Schuljahr:

Im Deutschunterricht war der Stammbaum besprochen worden. Die Kinder sollten zu Hause den Stammbaum ihrer Familie von den Großeltern an aufschreiben.
Eine Schülerin, die keine Geschwister hatte, schrieb unter ihre Arbeit: »Und wo nur ein Kind ist, das muß allein an einem Ast hängen.«

Aus einem Klassenaufsatz »Der Dieb«
»Ich lief zur Polizei, aber die Polizei war außer Betrieb!«

Gedicht: Schwäbische Kunde: »Den Pferden war's so schwach im Magen, fast mußte der Reiter die Möhre tragen.«

Wer bei einem Vergleich zwischen der französischen Literatur und der deutschen besser abschneidet, ist schwer feststellbar. Eher ist das Gegenteil der Fall.

Schnell sagt man dem Tyrannen, daß Möros gekommen sei. Da fühlt der König ein menschliches Rühren.

Künstlerleben

Pergolise war 10 Jahre älter als Mozart, als er zu komponieren begann, und 10 Jahre jünger, als er vom Tod ereilt wurde.

Albrecht Dürer hat nicht nur von sich, sondern auch von seiner Frau mehrere Selbstbildnisse angefertigt.

Folgendes Beispiel zeigt die Verwischung der Vorstellungen von zwei verschiedenen Dingen. Im Deutschunterricht war das Gedicht »Een Boot is noch buten« von Arno Holz besprochen worden. An einer Stelle wird davon berichtet, wie die Fischerfrauen an den Gräbern der Hünen Ausschau nach den zum Fischfang ausgefahrenen Männern halten. In Geschichte wurde einige Zeit später über die Großsteingräberkultur gesprochen.

Ein Schüler schrieb folgendes. »Die Großsteingräberleute werden so genannt, weil sie auf einem großen Stein der Hünengräber stehen und Ausschau halten.«

Ein 14jähriges Mädchen berichtet in ihrer Hausarbeit über ein lebhaftes Unterrichtsgespräch: »Bei einem interessanten Gespräch befruchteten sich die Mädchen gegenseitig.«

Religionsunterricht

Da steht Gott, der Richter, und da steht man selbst und dann wird man abgewogen.

Als Dieter fertig war, war die ganze Klasse befriedigt.

»Demetrius« ist das letzte Bruchstück des großen Dichters Friedrich Schiller.

Der Herr aber sprach zu Noe: Baue
.dir einen Kasten aus lauter Brettern
und Balken. Dann verpisse ihn
innen und außen mit Pech, damit
.das Wasser nicht durchgeht.

(Die Sintflut)

4. Geographie und Naturkunde

Nebenflüsse des Rheins

Bei Mannheim mündet der Neckar in den Rhein, bei Mainz nimmt er den Main auf, bei Koblenz fließt die Mosel zu, und in Essen bekommt er die Ruhr.

Am Rhein wird nicht nur Wein angebaut, sondern auch ein reger Schiffsverkehr. Man kann sogar schon oberhalb Basel rheinschiffen.

Thüringer Hausindustrie (Nacherzählung)

Ein magerer Hausvater sitzt in einer düsteren Stube; er macht einen Brai, der einen üblen Geruch verbreitet. Um ihn herum liegen lauter holle (hohle) Puppenköpfe. Dahinein macht der Hausvater den Brei. Seine Kinder helfen tüchtig mit und jedes macht sein kleines Geschäftchen. Jeden Samstag fährt der Hausvater in die Stadt, um seine Hausindustrie abzuliefern.

In Pirmasens werden viele Schuhfabriken hergestellt.

In Mannheim sind große Schaufenster, aus denen die Menschen ein- und ausgehen.

Der Rhein übergibt sich dem Neckar in Mannheim.

Der ganze Schwarzwald ist mit Bundessandsteinen bedeckt.

Die Pfalz ist eine Industriestadt durch ihren selbstgemachten Wein.

Die kleine Seefischerei ist nicht so wichtig. Viel ergiebiger ist die hohe Seefischerei mit 20 Mann Besatzung.

Wenn die Gebirgswälder abgeholzt werden, ist der Wald ganz kahl und sieht nicht mehr schön aus.

Der höchste Hundsrücken ist der Erbsenkopf. (Erbeskopf). Er ist ein sehr schönes Naturbild. Darin sind viele Leute und auch das Rotwild untergebracht.

Die Lisdorfer Kappesbauern sind sehr fruchtbar.

In Birkenfeld ist eine »Leererackerdemie« und die Ziegelsteine werden dort gebacken.

In wenigen Jahren hatten die fleißigen Bauern die kahlen Berge in fruchtbare Täler umgewandelt.

Der Münsterländer Bauer ist durch seine Fruchtbarkeit und die Qualität seiner Schinken bis weit über die engeren Grenzen seiner Heimat hinaus bekannt geworden.

Der Vesuv liegt nicht ruhig; bei ihm wird Schwefel abgebaut.

In Italien werden viele Vögel abgeschossen oder gefangen. Dort hat man sogar Menschen ausgegraben, die noch gut erhalten waren.

Der Busen von Neapel ist ein »Nebelmeer« (Nebenmeer).

Paris ist eine uralte Stadt. Sie existierte schon zur Zeit Napoleons.

In Dänemark wird das Aufblühen bedeutender Industrien dadurch erschwert, daß das Land weder Steinkohlen noch abbauwürdige Ärzte (Erze) besitzt.

Die Pyrenäen sind ein Negerstamm mitten in Afrika (anstatt Pygmäen).

Das ungarische Volk ist das Volk, das das Essen sehr scharf macht.

Bevor man sich in Europa mit der künstlichen Aufzucht von Seide beschäftigte, mußte diese aus Chinesien eingeführt werden.

In Rußland werden hauptsächlich Kolchosen angebaut.

Viele Gebiete Afrikas waren früher ohne Zivilisation. Das kommt daher, weil noch keine Menschen dort gewesen waren.

In der Stadt St. Louis wurden 90 Tote, 1500 Verletzte und 5000 Häuser für den Tornado geopfert.

In Amerika leben viele Völker, die in kurzer Zeit zusammen und eingeschmolzen werden.

Hier gedeihen Ackerzucht und Viehbau.

In der Wüste

Es sind auf manchen Stellen auch Oasen zu finden, wo die Kamele draus trinken.

Den Kubanern geht es nicht gut, denn sie haben zuviel Zucker.

Wirtschaftskunde Chinas

Besonders muß man noch bemerken, daß in China wenig metallverarbeitende Maschinen gefunden wurden.

Der chinesische Bauer mußte seine Felder aus eigener Kraft bewässern.

In den heißen Ländern vertauschen die europäischen Kaufleute Messer und Schmuckgegenstände gegen die Fälle der Eingeborenen.

Naturkunde

Unsere Haustiere

Während des Essens sitzt unser Hund unter dem Tisch. Nach dem Essen geht er mit in die Küche und frißt die Überreste von uns.

Der Hund hat auch in seinem hinteren Teil noch je zwei Mahlzähne.

Wenn das Pferd in der Stadt als Milchwagen dient oder zu anderen Zwecken, muß es gut beschlagen sein.

Die Kuh ist ein Wiederkäuer, weil sie vier Bäuche hat (anstatt Mägen).

Der Eisbär

Das Weibchen baut ihre Höhlen im Schnee, wo es dann zwei bis drei Eier legt.

Der Löwe erstreckte sich früher über ganz Afrika und Asien.

Unsere Vögel

Der Vogel fliegt zum Teil weg, zum Teil bleibt er hier.

Der Specht schießt seine Zunge unter die Baumrinde. Dort schlängelt sie sich entlang. Dann zieht er sie wieder heraus und verzehrt sie.

Manchmal kann man sehen, wie einer Eule eine Wurst aus dem Schnabel fällt. Es ist aber keine Wurst, sondern ein Gewölle.

Bei den Hühnern gibt es Krankheiten, wobei sie sich auf den Rücken legen und alle Viere von sich strecken.

Der Kartoffelkäfer vermehrt sich wie ein Schnellzug.

Der Schmetterling gehört zu den Insekten. Er ist eine Unterabteilung und wird durch die Raupe hervorgerufen.

Unter Amphibien versteht man die Tiere, die teils auf dem Lande und teils in der Stadt leben.

Die Blattläuse haben hinten etwas Süßes.

Die Ameise hat vorne am Kopf eine Zange, womit sie die Blattläuse von hinten an dem Eiter melken.

Die Ameise trägt alles geduldig, und nie hat einer eine murren gehört.

Der Bau der Ameisen erreicht eine Größe, daß er uns ganz gut als Lagerstätte dienen könnte.

Wenn wir die Insektensammlung in unserer Schule betrachten, springt uns immer zuerst der persische Riesenfloh ins Auge.

In großen Kiefernwäldern bespritzt man die Tannen mit Gift!

Die Kartoffeln sind das nützlichste Getreide.

Biologie

Eineiige Zwillinge sind solche Zwillinge, die nur ein Ei zur Verfügung haben.

Der Mensch ist den Tieren in vielerlei Dingen überlegen, obwohl gewisse Tiere wieder besser riechen.

In Amerika müssen viele Männer zuhause sich selber die Strümpfe stopfen und kochen.

Präsident Kennedy flog auf seiner Europareise auch noch Irland um die Heimat seiner Väter festzustellen.

(Präsident Kennedy besucht Europa)

Robert Koch war der Erfinder der Tuberkulose. Er beobachtete die Bazillen durch das Horoskop.

Wenn man in afrikanischen Flüssen baden geht, schleicht sich ein Krokodil langsam an den Menschen heran. Und wenn man es nicht merkt, so ist es zu spät.

Die Lurche legt in Pfützen ihre Eier. Wenn man diese in die Hand nimmt, rutschen sie einem heraus.

Die Krokodile leben in den tropischen Ländern und sind im Format einer großen Eidechse.

Aus den Knochen, Hörnern und Hufen der Kuh werden landwirtschaftliche Erzeugnisse gemacht.

Backenzähne hat das Rind hinten, oben und unten. An einer Seite hat es eine Lücke, die zum Einziehen des Grases dient und zum Lecken der Zunge.

Elemente

Das Wasser ist mächtig, man kann es aber doch manchmal halten. Aber die Winde können nicht eine Minute zurückgehalten werden.

Der Kompaß ist eine Magnetnadel über einer Windhose.

Zu einem Mineralwasser gehört alles, wo Mineralien drin sind, wie Eisen, Blech, Blei und andere Sachen.

Wenn man nicht rechtzeitig aus dem Meer herausgeht, und die Flut kommt, ist man tot.

Man muß bei Ebbe auf dem Wattenmeer sehr aufpassen, es gibt so Löcher, die man gar nicht sieht. Es ist Sand darüber und man läuft einfach darauf und geht unter.

Ein Echo kann nur entstehen, wenn man 35 Meter von einem Wald oder anderen dichten Gegenständen entfernt ist.

Die Schiffe haben im Innern Lufträume und Rettungsringe. Das kann die Schiffe oben halten.

5. Aus dem Unterricht

Aus dem Schulleben

Während der Epidemie mußten sich die Schüler nach dem Besuch auf der Toilette die Hände waschen, und zwar mit mitgebrachten Handtüchern, da diese sonst krank geworden wären.

Während der Bundesjugendspiele mußte man zum Siege 60 Punkte mindestens erreichen. Wie groß war die Freude, als ich sie schon nach dem Kugelstoßen alle beisammen hatte.

Die Rechtschreibung bereitet dem Menschen sein ganzes Leben lang Schwierigkeiten, es sei denn, er ist Analphabet.

Es mußten Wörter mit stimmhaftem »H« in der Mitte gesucht und darüber Sätze gebildet werden, z. B. gehen, drehen, leihen, seihen. Der Lehrer mußte wohl das »H« etwas zu stimmhaft gesprochen haben, denn ein Schüler schrieb: »Am Abend seichen wir in den Hafen!«

Die Klasse sollte über das Thema »Unser Kanarienvogel« schreiben. Heinz war zuerst fertig und las vor.: »Unser Kanarienvogel — wir haben keinen.«

Zum Briefschreiben gibt es weißes, farbiges, liniertes und kastriertes Papier.

Er brauchte nicht zu fürchten, daß seiner Ehre auch nur ein einziges Haar gekrümmt wurde.

Aus einer Erdkundearbeit einer Bauerntochter: »In der Kölner Bucht liegt die Braunkohle nur wenige Meter unter der Erde; dort wird die Landwirtschaft sehr schnell warm.«

Religion

Ein Schüler schrieb das »Gegrüßet seist du Maria« ab. Statt »Du bist gebenedeit unter den Weibern«
schrieb er: ». . . der Herr ist unter den Weibern«.

Wenn adulescens der Jüngling heißt, was wird dann wohl adulescentia heißen? — Antwort: Die Jungfrau!

Staatsbürgerkunde

Auch unter 21 Jahren kann man in gewissen Umständen für voll erklärt werden.

Mancher Rentner muß von einer kärglichen Rente leben. Dies ist als das Hinterteil unseres Wirtschaftswunders anzusehen.

Das verlezte Bein muß sofort in Ruhestand versetzt werden.

Aufsatzblüten aus Österreich über »Staatsbürgerkunde«:

»Alle Staatsbürger sind vor dem Gesetz gleich gültig. Das Geschlecht ist kein Hindernis.« — »Das Wichtigste bei der Wahl ist, daß man normal ist.« — »Der Nationalrat ist immun. Wenn er erwischt wird, kann man nichts machen.« — »Wenn 200 000 unterschrieben haben, ist es ein Volksaufbegehren.« — »Der Bundespräsident kann ein Gnadengesuch bei Verbrechern einreichen. Wenn er stirbt, kann er sich auflösen.« — »Jeder Staatsbürger hat die Zeugungspflicht, wenn er eine Vorladung vom Gericht bekommt.« — »Wenn ein Minister sein Amt nicht richtig betätigt, wird er abgesetzt und wieder gewählt.«

Zu den Grundrechten des deutschen Volkes gehört das Wahlrecht; das Volk will seine Obertanten selbst wählen.

Nach 1933 wurden im Dritten Reich zunächst die Leute von der Presse beschnitten. Schließlich das ganze deutsche Volk.

Arbeit über Sozialkunde

Ich halte verschärfte Strafen bei Bigamie für überflüssig, weil man doch bedenken muß, daß jeder Bigamist zwei Schwiegermütter hat, was gewöhnlich übersehen wird.

Das Verderben von Nahrungsmitteln kann verhindert werden durch, wenn man Hühner, Hasen oder Säue hat und es denen zum Fressen gibt oder man schenkt es armen Leuten.

Punkte einer Gliederungsübung (Werdegang der Schraube):
»Die Prüfung des Arbeiters mit der Gewindelehre.«
»Die Verpackung der Arbeiterinnen.«
»Die Verpackung von Frauen in Kartons.«

Es gehört eine große Verantwortung dazu, vor Gericht in ordentlicher Weise zu zeugen.

Gesundheitslehre

Die Kaltwasserbehandlung hatte Kneipp besonders warm empfohlen.

Bei guter Pflege kann das Herz der meisten Menschen ohne weiteres ein Leben lang aushalten.

Die Zähne müssen mit einer scharfen Bürste geputzt werden und dann von einer Seite zur anderen gehen.

Man muß sich die Zähne putzen, sonst haben die Bakterien Zeit, die ganze Nacht im Gebiß herumzuspazieren.

Wir sollen die Zähne bürsten an, auf, unter, neben, über, vorn und zwischen.

Gegen kalte Füße kann man eine Wärmeflasche benutzen. Dies macht auch meine Tante, die mit Namen Frieda heißt. Wintertage wird sie immer vollgemacht und ist dann herrlich warm.

Storm

In dem Gedicht »Die Nachtigall« handelt es sich um die Reaktion, die die Nachtigall bei dem Einbrechen des Sommers macht.

Sie war sonst immer wild, wenn sie aber singt, geht sie in tiefes Sinnen über.

Über das Holz

Wie der Bahnbeamte für das Fortlaufen des Verkehrs zu sorgen hat, so auch der Forstbeamte für die Fortpflanzung.

Täglich begegnet uns das Holz. Es gehört eben zum täglichen Brot des Menschen. Jeder Mensch ist, kurz gesagt, von der Wiege bis zur Bahre umgeben von Holz.

Der Förster zeichnet jene Bäume an, die er umbringen muß.

Und die Techniker müssen heute immer mehr daran arbeiten, um durch künstliche Bewässerung der Überbevölkerung in manchen Ländern Herr zu werden.

Erheben wir uns dann in die Lüfte, ist in kurzer Zeit das Meer überflogen, ohne recht zum Bewußtsein zu gelangen. Ist dieser Zustand erreicht, ist der Mensch rettungslos verloren und wird in seinen Urzustand zurückfallen. Aber nicht nur in diesem Falle ist es so, sondern überall in der Natur finden wir es, z. B. die Seifenblase. Dehnt sie sich zu weit aus, so zerbricht sie an ihrer eigenen Überspitztheit. Und so kann meines Erachtens der Weltuntergang nicht vermieden werden.

Als die Einweisungsfeier beendet war, wurden wir entlassen.

Als sie älter wurden, entstand zwischen ihnen eine kleine Lücke.

Der Islam

Mohammed war der Gründer aer Iß-Lamm-Bewegung.

Religion mangelhaft

Paulus zog nach Ephesus und wurde dort ein Kerkermeister.

Petrus ging zur Türhüterin und wärmte sich.

6. Allerlei

Fritzchen soll seinem Bäschen einen frommen schönen Spruch ins Album schreiben. Er findet einen. »Ich bin der allmächtige Gott, wandle vor mir und sei fromm. Dein Fritz.«

Ein Kind schreibt an seine kranke Lehrerin: »Liebes Fräulein! Wie geht es immer? Habe gehört, daß Sie im Krankenhaus leiden. Ich bin sehr traurig. Unser Hund ist heute Nacht auch gestorben. Viele Grüße, Eure Rosalinde.«

Aus unserem Aufsatz: Meine Eltern. »Meine Mutter hat gräuliches Haar und ein schwächliches Gesicht.« (Gemeint war graues Haar und ein schmales Gesicht.)

Da freuen sich die Mütter

Die gedämpften Kartoffeln schmecken sehr gut. Darum freuen sich die Kinder, wenn der »Krumbeeredämpfer« kommt; dann werden sie ins Silo gestampft und mit Lehm zugeschmiert.

Aus der Inhaltsangabe zum Film: Das Gesundheitsamt greift ein

Tante Adelheid hatte Typhusbazillen, davon bekam sie ein Kind.

Abwechselnd werden Ober- und Unterdorf mit Wasser versorgt.

Morgens waschen sich die Bauern oben und abends unten.

Auf dem Rücken hängt ein etwas mürber Ranzen. Er kommt bestimmt aus der Schule.

Schon am ersten Tage nach meiner Geburt mußten sie für mich sorgen.

Sie hielten mich zur Höflichkeit an. In der Oberschule grüßt man die Lehrer mit mehr Freundlichkeit, ja, sogar mit etwas Ehrfurcht.

Wenn die Sirenen heulen, wenn in der Stadt oder im Dorf Häuser brennen, wenn Menschenleben auf dem Spiel stehen, immer ist er (der Feuerwehrmann) die helfende Hand.

Schneeverwehungen haben die Straßen unpassierbar gemacht!

Wenn wir von der Außenwelt abgeschnitten bleiben, dann müssen wir uns selbst schlachten. (D. h. unsre Schweine selber schlachten.)

Bei uns zu Hause hat jeder sein Steckenpferd. Vater sammelt unermüdlich Geld.

Adenauer und Tünnes und Schäl sind die bekanntesten Figuren am Rheinland.

(Unser Bundeskanzler)

Aus der Wirtschaftsgeschichte

Die Gebrüder Rothschild machten von früh auf ihre großen Geschäfte immer gleichzeitig zusammen. Nur ihren jüngsten Bruder ließen sie für die kleineren Geschäfte zu.

Die Wirtschaft Europas ist auch dadurch begünstigt, daß das Meer überall ganz dicht an die Küsten herankommt.

Straßensauberkeit

Früher hat man die Abfälle einfach auf die Straße geworfen. Heute werden die Fäkalien durch Röhren auf die Rieselfelder geleitet. Hier werden sie sortiert.

. . . und dann 1864 noch eine Choleraepidemie. Das trug alles zur Auflockerung der Bevölkerung bei.

Früher hat man das Pferd zu Roßhaar verarbeitet und kam dann ins Sofa zum draufsetzen.

Arbeitsgemeinschaft ist kein Unterricht. In der Arbeitsgemeinschaft wird nämlich gearbeitet.

(Vater kaufte einen Fernsehapparat): Er war noch eingepackt. Wir waren furchtbar gespannt, als Vater dann endlich seinen Apparat Entblößte.

. . . besonders bitter ist es, wenn man ohne Mutter auf die Welt gekommen ist.

Mein Vater ist ein kluger Geschäftemacher. Er hat stets die Hand am Drücker.

Jeden Tag putzt Mutter die Latrine (Vitrine), in der Vater seine Erinnerungsstücke aufbewahrt.

Mein Vater hat außerdem eine Vorliebe für gewisse Pflänzchen, mit denen er sich nach der Arbeit beschäftigt.

Zum Schutz gegen Kinder müssen Männer und Frauen getrennt in die Sauna gehen.

Eine Haubitze ist eine zänkische Frau.

Die Läuferin mußte ausscheiden, weil sie auf dem Strich gegangen war.

Eine strenge Lehrerin

In der Schule, wo ich vorher war, wußten alle, auch die Lehrer, daß die Lehrerin Hosen anhatte.

Im vergangenen Jahr ging ihm der Titel eines Deutschen Jugendmeisters mit knappen 8 Sekunden an der Nase vorbei.

Die in Niederstimm geborene 84jährige Großmutter ist infolge ihrer geistigen und körperlichen Rüstigkeit in bester Hoffnung.

Abgesehen von kleineren Hilfeleistungen haben die Lebensretter 1962 bei keinem ernsten Unfall eingegriffen.

Hinter unserer Kirche steht das Pfarrhaus. Hier »sitzt« der Vater der Gemeinde. Er hat auch eine Putzfrau. Dieselbige muß für seine Gesundheit sorgen.

Meine Mutter hat sich bisher 5 Kinder gekauft. Jetzt wird noch der Fußboden, die Bank und unsere Matratzen neu gemacht, und die ganze Sache ist fertig.

Als der Sommer einmal besonders heiß war, näßte meine Mutter auf dem Bürgersteig. Manchmal erhaschten wir ein wenig Wasser von ihr.

Ein Wildwestfilm

Mit wüsten Worten packte ihn der Herausforderer an seiner sorgsam gehüteten Männlichkeit.

Jeder Staatsbürger wird zu den öffentlichen Lastern (statt Lasten) nach seiner Leistungsfähigkeit herangezogen!

». . . hätten wir keine Polizei, hätten wir keine Kinder!«

Die Stecknadel hat schon manchen Menschen das Leben gerettet, dadurch, daß er sie nicht verschluckt hat.

Der Strom stürzt tosend von einer Höhe zur anderen.

Wenn die Hochofenarbeiter Kohle, Erz und Kalk aufeinandergelegt haben, werden sie auf 2000 Grad erhitzt, schmelzen und fließen weißglühend in die Bessemerbirne und den Martinsofen.

Bei unserem Bundeskanzler freut man sich, daß er u. U. auch einen starken Ton von sich geben kann, der weithin vernommen wird.

Das Eisen ist ein steter Begleiter des Menschen von der Geburt bis zum Tode; denn als Kind begrüßt es ihn mit einem eisernen Bettgestell, und nach dem Tode ist es der Sargnagel, der ihm ein stilles Lebewohl in die Ewigkeit nachruft.

Aufsatz »Die Riesen«

Sie stehen auf einer Schlucht und mit ihren Baumstämmen sehen sie ins Tal hinab.

Sie erfroren bei der Kälte der Nacht, so daß sie am anderen Tag nur mühsam vorwärts kamen.

Eine Fremdsprache ist für den schwer zu erlernen, der keine Ahnung davon hat.

Vor dem Bekanntwerden des Tabaks entschädigten sich die Raucher und Schnupfer durch leidenschaftliches Trinken.

Einem jeden Bauern ist sein Misthaufen ans Herz gewachsen.

Diesmal trug er einen kurzen Überrock und eine Hose in derselben Farbe.

Heimweberei

Jeder Weber hatte seinen eigenen Stuhl, der dann an der Sammelstelle abgegeben wurde.

Die Aufgaben der Polizei

Andere Verbrecher tun es nicht aus Not, sondern haben Lust zu ihrer Tätigkeit. Jeder kann etwas finden, wo er sich für interessiert.

Aber mit den Entwicklungsjahren kam auch die Teilung des Charakters.

Er kann seinem Charakter gegenüber nicht standhaft bleiben.

In einem ruhigen Zeitabschnitt, wo die Erde von dem Blut der gegen und unter Napoleon Kämpfenden getränkt wurde, lebte Theodor Storm, einer unserer bedeutendsten Dichter.

Er kann den Verlockungen des Lebens nicht widerstehen und sinkt moralisch in die Tiefe.

Das liegt an jedem einzelnen, wie er mit dem Wohlstand fertig wird. Man kann hier nicht einfach bremsen, denn die Zeit läuft weiter.

Am Ziel angelangt, hatten wir alle großen Durst. Zum Glück überließ mir Karl einen Teil seines Wassers.

In der Jugend lernt das Kind schon viel leichter als im Alter.